KB201763

밥 먹고 싶은 사람

황금알 시인선 309

밥 먹고 싶은 사람

초판발행일 | 2025년 3월 21일

지은이 | 김복근
펴낸곳 | 도서출판 황금알
펴낸이 | 金永馥
주간 | 김영탁
편집실장 | 조경숙
표지디자인 | 칼라박스
주소 | 03088 서울시 종로구 이화장2길 29— 3, 104호(동숭동)
전화 | 02)2275— 9171
팩스 | 02)2275— 9172
이메일 | tibet21@hanmail.net
홈페이지 | http://goldegg21.com
출판등록 | 2003년 03월 26일(제300— 2003— 230호)

밥 먹고 싶은 사람

김복근 파자破字 연작 시조집

황금알

시조는 정제된 언어로 빚어져
고졸古拙한 멋과 맛이 있는 언어 예술이다.

'파자' 연작 시조는
언어의 아름다움을 찾아내기 위해
해학과 풍자를 동반하여
우리말 우리글을 새롭게 해석한 작업이다.

표음, 형성, 회의, 불립문자를 보면서
느린 걸음으로
나의 삶과 사유방식에 터하여
의미를 유추하고 풀이하고자 했다.

이런저런 연유로 오랫동안 묵혔다.
기다려준 시조에게 고마움을 전한다.

자연은 사람처럼 꼼수를 부리지 않는다.
내가 바로 자연임을 음미하며 살아간다.

영오재咏悟齋에서
수하水下 김복근

차 례

1부 내고[起]

2부 달고[景]

3부 맺고[結]

4부 풀고[解]

1부

내고[起]

살 생生
— 파자破字 1

살 생[生]을 파자하면 소[牛]가 외줄 타기[一] 하는 것

소[牛]가 하나[一]로 힘을 모으면 못 이룰 일 없는 것

지난 삶[生] 되돌아보며 외나무다리 지나가는 것

들을 청聽
— 파자破字 2

사람의 모가지를 칼날로 내리치듯

눈 뜨고 귀를 세워 마음 닦은 임금처럼

아귀를 찍어 누르며 되새기는 돋을무늬

성낼 노怒
— 파자破字 3

님 자에 점 하나를 더하면 남이 되지만

분노에 점 하나를 더하면 분뇨가 된다

배신에 몸을 떨다가 똥이 될까 두려워라

틈 1
― 파자破字 4

웬만큼 살다 보면 절로 틈이 생기더라
먼 하늘 별빛 보며 삿된 마음 지우지만
도요새 지나간 자리 앙금처럼 남아있어

물과 물 입자처럼 가까이 어울리다
노을 젖은 산빛마냥 파문이 잦아들어
'틈'하고 소리 내보면 절로 입이 다물린다

물을 문問
— 파자破字 5

문問은 문問이지만 해몽은 다르게 나타났다

문에서 입을 벌렸으니 거지가 될 것이오

용선龍扇에 자리했으니 임금이 될 것이오

* 이성계의 꿈을 해몽한 무학 대사의 일화에서 차용

돈 전錢
— 파자破字 6

회오리 바람 불어 텅 빈 손이 아득하다
별들의 간지럼에 노다지[金]를 그리면서
궁하여 모난 돌처럼 고단해진 삶의 언어

잔고가 바닥났다 상한선을 넘어서면
거사하기 좋은 날 감미로운 유혹 속에
겹겹이 창[戈]날을 세워 전의를 불태운다

신선 선仙
— 파자破字 7

산山은 여름 불러
진초록 덧칠하고

별을 품고 내려오는
피톤치드 맑은 공기

감돌아 풀물 든 사람[人]
휘갑치듯 사노라네

행복 복福
— 파자破字 8

바람[風]은 바람[願]하고 오랫동안 살았다

가시 돋친 세월에 가슴은 늘 아렸다

행복은 고통지수와 비례하며 자라는 것

내 아이 입속에 들어가는 먹거리 위해

밭에서 나는 곡식, 산에서 나는 열매

바다의 어패류까지 한가득[畐] 바라보는[示] 것

굴
― 파자破字 9

얼굴에는 얼이
드나드는 굴이 있다

이목구비 오롯하여
사상事象을 조율하며

내 몸의 지휘 사령부
새 기운이 드나든다

설
— 파자破字 10

입춘과 우수 사이 낮도 설고 물도 설어

갯버들 눈짓마냥 낡은 것 닦아내고

별 박힌 하늘을 열고 홰를 치는 날갯짓

허물 죄罪
— 파자破字 11

나는 죄 많은 사람
눈물로 쓴 참회록엔

하루에도 몇 번씩 죄를 짓고 살았다
법망[罒]은 옳지 않은 일[非] 걸러내지 못했지만

나는 내가 지은 죄를 알고 있었다
내 것이 아닌 것을 내 것이라 우기며
실실이 피어나는 꽃을 무잡하게 희롱하고

가벼운 혀끝으로 망어妄語를 퍼뜨리며
풀잎 위의 이슬을 바람처럼 되작이다

비구름 몰려오는 날
야차夜叉가 되기도 했다

하늘 천天
— 파자破字 12

사람이 기를 모아[大] 머리 위[一]를 바라보면

하늘은 눈동자 담청색 물빛 닮아

그리움 비워진 자리 너를 찾아 해맑아라

약초 약藥
— 파자破字 13

접질려진 해거름 풀[++]과 나무[木] 우려내면
더운 몸 조여 푸는 기막힌 화제 되어
사자후 토해내는 백혈구 온몸에 기가 되어

어둠의 눈 걸러내는 야생초 맑은 향은
더운 날 피사리하듯 울혈을 녹여내어
체액이 넘친 항아리 산그늘 닦아낸다

매운바람 더운 손길 볼기짝 후려치면
해웃값 날려버린 진창의 수련처럼
세 치 혀 저지른 죄업 지우고 닦아낸다

꽃 화花
— 파자破字 14

풀[++]이 자라면[化] 꽃이 꽃을 피운다

사랑은 싸움 마냥
싸움은 사랑 마냥

생명의 덫에 걸리어 연옥煉獄의 집을 짓다

물과 흙, 햇빛까지 굴광성 기가 되어

작두날 딛고 선 아픔
온몸이 뜨거워라

무중력 꽃대 위에서
춤을 추는
저, 붉은
피

기운 기氣
— 파자破字 15

겨울나무 촉을 세워 하늘을 우러르다
발끝에 뿌리내려 마중물 잣아올리다

깡마른 봄날 모서리
제풀에 터진 봉우리

말씀 화話

— 파자破字 16

불의에 저항하라
대쪽을 가르치다

물속에 물길 내듯
더께 위 더께 얹어

미워도
티 내지 마라

말[言] 옆에 혀[舌]
활활 타는 불

흙 토土
— 파자破字 17

땅[一] 위에 새싹[十] 나서 이목구비 오롯하다

생살 찢는 아픔으로
온몸이 달아올라

고신한 가을의 기억 엉덩이 큰 아낙이다

짜고 매운 맛이
술 마시게 하는 세상

비 온 뒤 두엄 같은 애옥살이 춤사위는

저체온 몸을 녹이듯 할 말이 많아진다

2부

달고[景]

책 책冊
— 파자破字 18

경[冂]을 하나[一]로 모아 단단하게 묶어냈다

아는 만큼 볼 수 있다
두 눈에 힘을 주면서

전향한 미결수처럼 편견의 벽 젖뜨리다

아득한 벼랑의 길 잘 여문 씨를 골라
부족한 게 많은 곳간 채우고 또 채우며
아둔한 내가 나를 찾아 깊숙이 빠져든다

자기와의 약속은 자기만이 알 일이다

혼자서 패霸를 두며
삼투압 하는 시간

소금 꽃 반려가 되어 지친 꿈 잡아챈다

사라질 소消
— 파자破字 19

물[水] 줄기가 작아지자 많은 게 사라졌다
창포도 사라지고 제비도 사라졌다
여왕벌 불임을 앓다 왕대王臺마저 사라졌다

갈대숲이 우거졌던 봉암만 매립하자
그 많던 학꽁치, 피조개도 사라지고
막걸리 술타령하던 아재들도 사라졌다

씨

― 파자破字 20

말에도 씨가 있고 마음에도 씨가 있다

일교차가 커질수록 당도가 높아지는

뜨거워 단단해진 몸 씨알에 씨가 있다

일 흥興
— 파자破字 21

한 가지[同]로 일어서서
마주 보고[舁] 걸어야 돼

땅을 치는
빗소리
봄의 문채 그려내듯

단단히 에워싸면서
푸른 싹이 돋게 돼

혀 설舌
— 파자破字 22

안개였다 황사였다
미세 먼지 가득했다

말하고 음식 먹고
사랑하는 육질 왕국

내 혀를
내가 깨물어
눈물 찔끔 흘렸다

입안의 혀[舌]도
마음대로 안 되는 세상

상처 난 질량만큼
아픔의 돌기 따라

내 혀를

내가 핥으며
설태舌苔를 닦아낸다

참을 인忍
— 파자破字 23

분노도 갈무리면 밤하늘 별이 된다

나비가 꽃을 그리듯 마음이 휘는 시간

달빛에 우려낸 눈물 무장을 해제했다

온몸에 고여 있던 욕망의 얼룩들은

뼛속에서 우려낸 말

진국 같은 체온으로

벼려진 내 혀의 칼날 뜨겁게 끌어안고

틈 2
— 파자破字 24

금 간 바위처럼 사람 사이 틈이 있다

그 틈을 메우려고 어리숙한 내가 섰다

갈라진 오장 사이로 바람이 지나간다

혈관을 타고 도는 피 치유의 강이 되어

비워야 새살 차듯 통증을 삭혀낸다

굳은살 경락을 풀며 솔씨 한 알 살려낸다

베풀 복ㅏ
— 파자破字 25

꼿꼿이 선 나뭇둥걸[ㅣ] 이파리[ㆍ] 싱그럽다
귀 기우려 들어보라 짙푸른 박동 소리
청록빛 봉곳한 마음 까치발 딛고 섰다

아래에 한 일[一]하면 위 상[上]이 되었다가
위에다 한 일[一]하면 아래 하[下]가 되었다가
한 일로 아래위 가른
저 황홀한 삶의 열매

베풀며 살아가라 스승의 가르침은
아버지 마른 등에 발묵潑墨같은 난을 치며
세한을 지나온 바람 타인능해* 봄이 된다

* 타인능해 : 운조루雲鳥樓는 전남 구례 유이주柳爾冑가 세운 집이다. 이
집에는 '타인능해他人能解'라는 글이 새겨진 뒤주가 있다. 배고픈 이는
누구나 뒤주를 열 수 있고, 필요한 쌀을 가져갈 수 있었다고 한다.

눈 안眼
— 파자破字 26

빛과 어둠의 경계는 저물녘 안개비다

풀리는 줄 모르게 풀어져 엷어진 촉

마음을 보정하려다 고단해진 미열이다

철 이른 소슬바람 눈시울 아려오면

벌어진 더듬이 어지러운 기류 따라

무거운 내 눈[目]의 망막 초점이 흐릿하다

술 주酒
— 파자破字 27

닭[酉]이 물[氵] 마시듯
술은 배신하지 마라

비어버린 술잔에 한숨이 차오르모
술에게 술을 권하며 오관이 벌게질 끼다

나는 내 말을 하고 싶어 술을 마시고
술은 지 말을 하기 위해 나를 마신다
그라모 술도 취하고 나도 취할 끼다

술이 나를 마시다가 두 손을 잡아주모
허풍시이 같은 나는 눈물을 펑펑 쏟고

세상은 지 맘대로 취해
비틀거리며 걸어갈 끼다

어질 인仁
— 파자破字 28

저물녘 고즈넉이 흐르는 강물처럼
새벽녘 희부여니 드러나는 산빛처럼

두[二] 사람[人] 발효된 마음
두레상을 마주한다

말씀 어語
— 파자破字 29

내[吾]가
하는 말[言]은

꽃이었다
칼이었다

관능의 몸짓으로
어깨를 짓누르다

이따금
나를 베면서
휘몰아치는
이안류

다닐 행行
― 파자破字 30

향보다 독한 술을 초 치듯 뿌렸지만

살을 에는 어둠은 서서히 물러서고
먼 불빛 쏘시개 되어 아침이 일어선다

가만있던 내 발은 매듭을 풀어내어
왼발[彳] 오른발[〒] 이리저리 거닐다가
숲속이 그리운 오늘 뒤꿈치에 힘을 준다

다 찢어진 바람이 귓불을 스쳐 가도

천릿길도 한걸음
내닫듯 걷다 보면

숨 쉬며 사는 날까지 내 몸이 자유롭다

어두울 암暗
― 파자破字 31

하늘에 먹을 갈아 천지현황天地玄黃 휘호한다
무딘 맘 벼려내는 물무늬 맑은 경전
너덜겅 내 삶의 갈마羯磨 부드럽게 운필한다

뒤울이 노회한 어둠 그리움을 부여안고
말발굽 누에머리 붓끝에 힘을 실어
묵향은 흑백의 선율 장엄하게 탄주한다

소리 성聲
— 파자破字 32

새소리는 숲속에 있어야 제격이고

물소리는 계곡 따라 흘러야 제격이다

새소리 물든 물소리 내 귀[耳]에 쟁쟁인다

믿을 신信
— 파자破字 33

1.
경전 같은 몸짓으로 서명을 하게 되면
우리[人]는 자연처럼 영원하리라 믿었다

믿는다
끝까지 이어지는 강물이 되리라고

2.
사람이 하는 말은 연결의 끈이 된다

꽃 진 삶의 무늬 새 살을 채우면서
빗물 밴 마음을 따라 숨질 여는 맥놀이

사랑 정情
— 파자破字 34

마음[心]의 움직임이 푸르게[靑] 작동하여
차고 뜨거움을 오래도록 고와 낸 것

말없이 이어진 무늬
퇴적된 물결 자국

물 수水
― 파자破字 35

에움길 굽이돌아 웅덩이 채워놓고
만다라 수행하듯 몰아의 꽃을 피워
평미레 고른 물소리 수평선 펼치는 밤

눈 뜨고 못 본 삶을 눈감고 보게 됐다
막히면 돌아서서 떠돌이별 바라보다
검푸른 장단 맞추며 순수로 걸어온 길

3부

맺고[結]

쉴 휴休
— 파자破字 36

내[人] 앞섶 열어놓고
나무[木] 아래 앉았노라

지금의 나를 위해
지나간 나를 보며

다가올
나를 향하여
살그머니
저,
바람

아버지 부父
— 파자破字 37

아버지 돌아가시자
내가 나를 책임져야 했다

크고 작은 일들이 해일처럼 몰려왔다
아버지, 나직이 부르며 목메는 단근질

뒷산이 무너지는 아픔이 몰려왔다
도처가 어둠이라 걷기도 어려웠다

아버지 돌아가신 후
막막해진
떠돌이별

어머니 모母
— 파자破字 38

날씨가 추워졌다
보온이 필요했다

물 올리기 줄이며 단풍잎 떨궈냈다
가지를 지나는 바람 추위를 이겨냈다

찬바람 불어오자 봄날이 그리웠다
잔뿌리 깊게 내려 물 올리기 시작했다

심장은 박동 울리며
이파리를 피워냈다

답답할 울鬱
― 파자破字 39

울안에 간힌 우울 울타리 쌓아두고

침침한 어둠 아래 실뿌리 내지르고

똬리 튼 그늘을 눌러 먼 하늘 바라보고

말씀 언言
— 파자破字 40

말 많은 사람 보면 말씀 언[言]자 무색하네
매운맛 짚어보며 말하라 하였는데
내 귀는 난청이 되어 소통하지 못하네

말 많은 사람 만나 말하지 못한 나는
기염을 토해대는 논쟁을 뒤로하고
마을 뒤 대숲에 올라 혼잣말 중얼거리네

주인 주主
― 파자破字 41

물처럼 살아온 날, 내가 나를 돌아본다
종종걸음 멈추고 중심을 잡아본다
혼자서 맴을 돌다가 헛발질 돌을 차고

사는 일이 아파서 돌아보지 않으려다
보일 듯 보이지 않는 내가 나를 돌아보며

어둠을 밝히는 불빛
맑은 쉼표 찾아내어

나를 본 내[王]가 머리에 등[丶]을 달고
저만치 빛을 보며 가슴을 쓸어보면
내 속[主]에 나를 그리는 바람도 숨죽인다

엎드릴 복伏
— 파자破字 42

무더위에 견공犬公도 사람[人]옆에 엎드렸다

보채다 마른 꽃대 맥반석 찜질마냥

세상은 안거에 들어 하염없는 적막 정진

56

스승 사師
— 파자破字 43

백운산 매화나무 미학 강좌 신청했다
단아한 몸가짐에 단단해진 결기 모아
동짓날 차가운 바람 온몸이 시리더라

선생은 쉴 새 없이 자연을 강론했다
겨우내 몸살 하며 화전이 일군 산약山藥

죽비로
치는 목마름
다관의 차맛 같이

되작이는 인생론
귀 기울여 들어보라

하오의 젖은 눈빛 실천궁행 힘이 되어
마른 땅 마중물 사랑 오종종 솔기 인다

시내 계溪

오소소 볼 비비며
낮은 자리 바라보며

산의 아픔 산의 소통
수행하듯 걸어간다

무심결 하고 싶은 말
오손도손 흘러간다

골짜기는 산의 숨길 물고기 노니는 곳
별처럼 지나가는 내 마음이 흐르는 곳
흐르는 물길을 따라 바위도 숨 쉬는 곳

어느 날 포클레인
다듬고 개긴 틈새

돌기 지운 창자마냥

소화불량 산사태

온몸이 자지러지는
생명 앗는 순간 범람

창문 창窓
― 파자破字 45

열린 듯 닫혀 있는 닫힌 듯 열려 있는
수묵화 젖은 슬픔
마음[心]에 비가 내려
멍하게 내다본 풍경 붉은 꽃잎 떨어진다

낡고 오래된 기억 얼룩진 삶의 무늬
그 옛날 떠난 여인 눈빛이 흔들린다
정수리 지나간 어둠 아픔이 몰려온다

불사를 소燒
— 파자破字 46

한순간 뜨거웠다
숨결은 거칠어졌다

달아오른 불길에 가락이 배어났다
버티어 오래된 기억 온몸이 뒤틀렸다

상처가 만든 향이 새 살을 새기듯이
흔들리며 타오르다 한 줌 재가 되어

나, 그대 타오르는 불빛
청자지靑紫紙 형형 눈빛

칼 도刀
— 파자破字 47

그의 혀는 가슴을 도려내는 비수였다

말 한마디 한마디에 오금이 박혔다

선혈이 낭자한 상처 아물 줄을 몰랐다

법칙 율律
— 파자破字 48

바다를 도는 파도 찰싹이는 물결처럼

내 가슴에 일렁이는
그대 눈
그대 입술

물안개 피어오르듯 감돌아 젖어드네

곧추세운 붓처럼 바르게 걸어보라

하늘 소리
땅의 소리
귀 기울여 들어보라

휘어져 다가온 선율 소색이듯 감미로워

음률 려_呂
— 파자破字 49

상처를 어루만지면 향기가 배어나듯

감돌아 흐르는 감성
꽃 피는 가락이다

붉은 피 고른 숨소리 저 허벅진 깨달음

희롱할 농弄
─ 파자破字 50

메마른 하루살이 수작을 부리다가
비우고 비튼 자리 토닥이며 안아주며
마른 꽃 씨방 터지듯 미간이 넓어진다

수퇘지 방귀같이 실없는 말 한마디
재롱을 희롱하다 안면 근육 실룩이며
옥구슬 가지고 놀 듯 웃음보 터진 얼굴

먹을 식食
— 파자破字 51

밥맛이 없다 마라
먹는 것은 하늘이다

땅거미
지는 어둠
가파른
길을 따라

시장기 마주한 밥상
저 따뜻한 안분지족安分知足

낮 주晝
— 파자破字 52

그 무슨 재주 있어 세상 이리 밝게 할꼬
나무는 옷을 입고, 사람은 옷을 벗고
햇살은 따뜻한 햇살 금빛 햇살 한 움큼

내가 걸어오면 당신이 걸어오고
내가 멈춰 서면 당신도 멈춰서는

만행卍行이 불러온 선과善果 하늘땅 가득하다

근골과 늑골 사이 샅샅이 살펴보며
어둠이란 어둠은 모조리 닦아내고
햇살은 해맑은 햇살 부신 햇살 한가득

밤 야夜
— 파자破字 53

바람 난 바람 찾아
밤하늘 별이 뜨고

그리움 송송 썰어 체온을 더한 무늬
살과 살 모서리마다 타래실 감았구나

무시로 떠나 살다 밀물처럼 모여들어
달빛은 맴 그리듯 방안 가득 넘치고

현관 앞 꼬까 할미는
체 구멍을 세고 있다

* 꼬까 할미는 섣달 그믐밤에 잠을 자는 아이에게는 눈썹을 세게 하고,
  안자는 아이에게는 선물을 준다. 대문에 체를 달아놓고 자면, 체 구멍
  을 헤아리다 날이 밝으면 도망가는 상상 속의 귀신이다.

4부

풀고[解]

얼굴 안顔
─파자破字 54

숨비질
찰싹이다

물 위에
떠오른 달

겨자 빛 삶의 무늬
이명으로 울려오고

내 얼굴
상감을 하듯

허위허위
주름살

마음 허할 탐忐
— 파자破字 55

머리가 뜨거워요. 열이 오르나 봐요
하늘이 노랗다가 빨갛다가 까매져요
내 마음 나도 몰라요 뚫어져 비인 가슴

꽃은 웃고 있지만 웃음소리가 없어요
새는 울고 있지만 눈물을 볼 수 없어요*
뜨거워 두려운 기억 빈속이 울렁거려요

봄이 오려는지 오솔오솔 솔기 일어
험한 골목 오가는 길 온몸이 흔들려요
두 귀가 울고 있어요 풍지 마냥 떨고 있어요

* 야보(冶父)의 계송에서 차용함

마음 허할 특窓
― 파자破字 56

바람 부는 벌판에 몰려온 허물들이
다리를 절뚝이며 흔들리는 별빛들이
마침내 벽을 허문 채 주리를 틀고 앉아

지나온 길 아득하여 주름진 바람처럼
연결고리 비켜서는 얼킨 머리 타래처럼
등고선 가로지르며 들피 가슴 조여 온다

눈물 젖은 어둠이 시퍼렇게 멍이 들어
붉은 눈 부라리며 목이 타는 올가미
내 마음 나도 모르게 온몸이 저려온다

잔약할 잔屛
— 파자破字 57

잔소리는 아들 셋을 죽이고도 남는다지

듣기 싫은 이야기는 난청 되는 소음이다

물 위에 떨어진 눈물 가녀려진 저 남성성

한 일一
— 파자破字 58

하늘과 땅을 한 일[一]이 나누었다
하나는 하늘 되고 하나는 땅이 되어
하나로 흐르는 향기 갈마드는 저녁노을

하늘이 말을 하면
땅은 말이 없다

하나가 둘이 되고 둘이 다시 하나 된다
하늘과 땅이 어울려 또 다른 하나 된다

둘이 하나 되어 애무하듯 엉키다가
산에는 산 그림자 물에는 물그림자
그림자 불길을 따라 밤하늘 별이 된다

나눌 분分
― 파자破字 59

바다가 하늘 보고 하늘이 바다 보듯

왼팔 오른팔 보고
오른팔 왼팔 보고

여덟 팔 수를 꽉 채워 능선을 넘어가네

사람과 사람 사이 스스로 지은 각은

전후좌우 거리 재며
제 갈 길 좌표 찾아

여덟 팔[八] 칼[刀]날 위에서 나누며 살라 하네

다를 이異
— 파자破字 60

불이 나무를 죽고 살기로 좋아하면
나무도 불을 죽고 살기로 좋아할까

뜨겁게 타오르는 길
달리 가는 나무불

타고 난 나뭇등걸 새잎이 돋아나니
사는 게 죽는 건지 죽는 게 사는 건지

가는 길 서로 달라도
더불어 사는 아미타불

고요할 정靜
— 파자破字 61

나대며 으스대며 걸걸해진 소리보다
모자란 듯 수줍은 듯 나서지 않는 사람

숲속 길 지르밟으며 지난 얘기하고 싶다

보얗게 분칠하여 팽팽해진 얼굴보다
숙인 아미 눈썹 주름 감추지 않는 사람

밤새워 잔 기울이며 오랜 시간 갖고 싶다

이름 명名
— 파자破字 62

운명처럼 은유처럼 한뉘를 같이 살며
나를 대리해온 나의 존재 나의 가치
내 이름 석 자의 질량 어깨가 무거워라

얼룩진 삶을 살다
땅거미 내린 저녁[夕]

내 속에 나를 찾아 나지막이 불러본다[口]
가녀린 내 초상 위해 스스로를 다독인다

어둠에 가리어져 막막해진 길을 따라
지난날 다가올 날 흔들리며 쌓은 무늬
내 고향 의령 산비알 띳집처럼 살아간다

숨길 비祕
— 파자破字 63

벌에게는 벌의 비밀
꽃에게는 꽃의 비밀

비바람 몰아쳐도
내연內緣하는 벌과 꽃

가슴에 묻어둔 속내
문을 닫은 저 그늘

불꽃 염炎
— 파자破字 64

가슴을 태우는 건 삶에 대한 강한 욕망

불꽃으로 타오르다 불티 되어 날아가는

너 속에 나를 지르며 한 줌의 재가 되는

목숨 수壽
― 파자破字 65

바쁘낀데 마로 왔노
오모 반갑고 가모 섭섭고

접었다 펴는 허리 그리움에 약 없니라
삽짝을 나선 발걸음 골다공 버석인다

마흔아홉 외할매 두 배를 사신다며

오래 살아 미안하다
아흔일곱 우리 어무이

저 구름 노을이란다 흔들리며 젖은 눈빛

고요할 적寂
— 파자破字 66

언젠가 내 모든 것 사라질 날 있으리니
부질없는 삶의 무게 지우고 또 지우고
둥글게 살아가면서 비워내는 마음자리

사라졌다 되살아난 순간의 기억처럼
나직한 몸짓으로 낮게 드린 구름무늬
늦은 밤 어둠이 배어 숨죽인 듯 고요하다

사라지는 것보다 잊히는 게 두려워라
산란하며 가는 빛살 슬프게 닦아내어
어르고 달래본 시간 소리 없이 흘러간다

꿈 몽夢
― 파자破字 67

세상 사람들이 내 이름을 보면서
아, 그 사람
물무늬 웃음을 웃는 사람
가슴을 촉촉하게 하는 다사로운 사람

세상 사람들이 내 이름을 듣는 순간
아, 그 사람
마주 앉아 밥 먹고 싶은 사람
술잔을 나눌 줄 아는 너그러운 사람

세상 사람들이 내 이름을 생각하며
아, 그 사람
누리 밝혀 사람다이 사는 사람
마음에 스미어드는 늘 그리운 사람

길 도道
— 파자破字 68

갈래로 나뉜 길이 하나로 만나면서
별의 무늬 자로 재듯 하염없이 걸어가다
먼 등불 아련한 눈길 내가 나를 바라본다

떠돌이 지친 달이 젖은 삶 휘감치고
지난날 필사하듯 길 위의 길 걸어가다
마음은 겨울 별자리 두 눈에 힘은 준다

응
― 파자破字 69

여린 손 다잡으며 촉촉하게 젖은 눈빛
건반을 굴러가는 너그러운 목소리다
궂은일 둥글게 열어 포근해진 달무리다

하늘 바라 땅을 보며 아래위 동글동글
장다리꽃 하얀 나비 우화 하는 몸짓이다

봉숭아 꽃물 들이듯
그윽해진
저 말
'응'

숨
— 파자破字 70

너 참 자유롭고
부드러운 감성이다

쉼 없이 드나드는 한 줄기 바람처럼
정해진 내재율 따라 삼현금을 울리노니

내 코는 세 치 가웃
맑은 공기 걸러낸다

너 덕에 나는 살아 싱그럽게 나는 살아
그 숨질 우주의 눈물 연민의 꽃이 된다

감돌아 풀물 든 사람
― 김복근 파자破字 시조집에 대하여

성 선 경(시인)

시는 늘 새로움을 추구한다. 새로운 이미지, 새로운 발상, 새로운 형식이 시적 존재의 한 축이다. 그러나 간혹 시인들이 이 새로움에 너무 취해 자신의 길을 잃어버리는 경우를 종종 본다. 그래서 법고창신法古創新의 정신이 필요하다 하겠다. 다소 진부한 표현이지만 늘 새로움을 추구하되 법고法古의 정신을 잃지 않아 길을 잃어버리는 어리석음을 당하지 않도록 해야 할 것이다.

시력 40년의 김복근 시인은 법고창신의 이 길을 가장 충실히 지켜온 시인이다. 이번 파자破字 시조집에서도 이 점은 돌올하다. 파자시破字詩의 전통을 이어받아 시조에 새로움을 더하였지만, 시조의 본령이라 할 수 있는 정형성을 하나도 흩트리지 않았음을 눈여겨볼 만하다.

물처럼 살아온 날, 내가 나를 돌아본다.
종종걸음 멈추고 중심을 잡아본다.
혼자서 맴을 돌다가 헛발질 돌을 차고

사는 일이 아파서 돌아보지 않으려다
보일 듯 보이지 않는 내가 나를 돌아보며

어둠을 밝히는 불빛
맑은 쉼표 찾아내어

나를 본 내[王]가 머리에 등[丶]을 달고
저만치 빛을 보며 가슴을 쓸어보면
내 속[主]에 나를 그리는 바람도 숨죽인다.
—「주인 주主–파자破字 41」전문

위 시조는 '주인 주主' 자字를 파자한 시조다. '주인
주主' 자字란 본래 의미가 자신을 나타내는 말이기도
하려니와 이 시조는 자신의 삶에 대한 태도와 인생관
을 담고 있어 그 의미를 더한다.

단일한 파자破字의 설문 유형設問 類型 표현방식에는
첫째 형상形象으로 나타난 것, 둘째 한자漢字의 분합分
合으로 나타낸 것, 셋째 음音의 상이相似를 이용利用한
것, 넷째 의미면意味面으로 나타낸 것, 다섯째 대유법代
喻法으로 상징적象徵的으로 나타낸 것, 여섯째 기타 파

자화破字化 표현 등으로 볼 수 있는 데, 위의 시조는 한자漢字의 분합分合으로 나타낸 것에 속한다는 것을 알 수 있다.

그러나 이 시조는 한자의 분합을 넘어 자신의 삶 전체를 되돌아보며 자신의 삶의 주인에 대하여 성찰하고 있어 그 의미를 더한다. 삶의 주인이 '나'라고 했을 때 이 주인을 돌아다본다는 것은 곧 나를 되돌아보고 반추하여 자신의 삶을 성찰하는 행위라 할 수 있다. 여기서 나는 이렇게 살았구나 하고 정의한다면 이는 나는 이런 인생관으로 살아왔구나, 하는 성찰로 이어지는 것이라 하겠다. 주인主人이란 "내[王]가 머리에 등[丶]을" 단 것이란 표현은 얼마나 참신한가? 또 한 편을 보자.

메마른 하루살이 수작을 부리다가
비우고 비튼 자리 토닥이며 안아주며
마른 꽃 씨방 터지듯 미간이 넓어진다.

수퇘지 방귀같이 실없는 말 한마디
재롱을 희롱하다 안면 근육 실룩이며
옥구슬 가지고 놀 듯 웃음보 터진 얼굴
　　　　　　　　　　　—「희롱할 농弄—파자破字 50」 전문

이 시조도 한자漢字의 분합分合으로 나타낸 것이다. 변과 획을 파자破字하여 자신의 삶을 슬쩍 덧얹어 한 편의 시조로 완성했다. 한자漢字의 변과 획을 파자하여 한 편의 시조를 완성하는 일도 참 어려운 일인데 거기에 자신의 삶에 대한 태도를 덧붙이는 일은 쉬운 일이 아니다. 그런데도 시조의 본래 율격을 하나도 빠뜨리지 않았다.

자신의 삶을 반추하며 "메마른 하루살이 수작을 부리다" "재롱을 희롱하다 안면 근육 실룩이며/ 옥구슬 가지고 놀 듯 웃음보 터진 얼굴"이라니 희롱할 농弄 자字가 하회탈 같이 웃는다. 글자의 형상에서 그림 영상을 읽어낸 경우라 하겠다.

파자破字란 국어대사전에는 첫째 한자漢字의 자획字劃을 분합分合하여 맞추는 수수께끼이며, 둘째 민속民俗에서는 술가術家의 점치는 법法의 한가지로 한자漢字를 풀고 모아서 좋고 언짢음을 나타낸 것으로 탁자坼字, 해자解字라고도 한다.

파자破字는 이같이 자못 우리 조상들이 물려준 슬기의 소산이기도 하다. 그리고 그때그때 번뜩이는 지적 유머이기도 했다. 이것들은 학문적으로 다룰 수 있는 성격의 것은 미흡하다 할 것이나 그 재미는 지적 유희를 감당할 만한 것이었다. 이러한 것으로는 떠돌아다

니는 형식의 파자破字라든가 문헌을 통해 역사적인 인물이 등장하는 가운데 형성된 파자破字, 그리고 한자의 고장 중국 자체에서 일러지는 파자破字 등 제법 여러 계통의 파자破字로 나눌 수 있다.

 내[人] 앞섶 열어놓고
 나무[木] 아래 앉았노라

 지금의 나를 위해
 지나간 나를 보며

 다가올
 나를 향하여
 살그머니
 저,
 바람

　　　　　　　　　　　　──「쉴 휴休─파자破字 36」 전문

 이 시조는 한자漢字의 분합으로 나타낸 형태의 전형으로 쓴 시조이다. 쉴 휴休의 본래 글자 형태가 사람 인人 변에 나무 목木으로 이루어져 있다. 쉴 휴休 자字를 파자하여 "내[人] 앞섶 열어놓고/ 나무[木] 아래 앉았노라"라고 자신의 현재 태도를 담담하게 토로하여 이미지화하였다. 그리하여 나무에 기대어 잠시 자신을 내려놓은 풍경을 그려내고 있다. 이 풍경이 너무 넘치지도 않고 본래 그 형상을 그대로에 자신의 현재 삶에 담담히 얹어놓았다. 이러한 글자의 본래 모습을 형상화한 시조에서 한발 더 나아가 다음 같은 시조도 있다.

입춘과 우수 사이 낯도 설고 물도 설어

갯버들 눈짓마냥 낡은 것 닦아내고

별 박힌 하늘을 열고 홰를 치는 날갯짓
─「설─파자破字 10」 전문

순 한글의 '설'에 대하여 동음이어同音異語의 '설다'의 어근인 '설'을 이용하여 새로이 맞이하는 날로써 '낯설다'라는 의미로 뜻을 확충하였다. 그러면서 새로이 맞이하는 날로서의 '설'이 낯섦에만 있지 않고 새로운 희망에 있음을 "갯버들 눈짓마냥 낡은 것 닦아내고// 별 박힌 하늘을 열고 홰를 치는 날갯짓"이란 희망적 이미지로 전환하여 시조에 새로움을 더하고 있다.

이러한 우리말의 음과 뜻, 음音의 유사성을 이용한다든지, 뒤에 나오는 의미 부분의 이두식 표기를 이용한 경우와 한자 수수께끼들은 중국의 파자와는 전혀

관계가 없이 독창적이다. 이는 독창적으로 발전하고 구비전승되어온 우리말에 바탕을 둔 자주적인 파자 수수께끼라는데 그 의의가 있다고 하겠다. 물론 다른 유형의 파자들도 우리나라에서 자생적으로 이루어진 것이 대부분이지만, 형상과 의미나 분합의 한자 수수께끼는 중국이나 일본에서도 뜻이 통용될 수 있음에 반하여, 음의 상사에 속하는 단일 파자의 경우는 우리말의 음과 뜻을 한자와 결합해 이루어낸 데서 우리의 언어에서만 맛볼 수 있는 문자 유희의 진수라 하겠다.

한편 한자漢字의 파자破字를 통하여 의미면意味面으로 나타낸 것도 있다. 의미면으로 나타낸 것은 탁자坼字 혹은 해자解字라고도 한다. 다음 시조 한 편을 보자.

문間은 문間이지만 해몽은 다르게 나타났다.

문에서 입을 벌렸으니 거지가 될 것이오.

용선龍扇에 자리했으니 임금이 될 것이오.
　　　　　　　　　　　　　―「물을 문間―파자破字 5」전문

이성계의 꿈을 해몽한 무학 대사의 일화에서 차용한 이 시조에 대한 설화가 구비문학대계에 다음과 같이 나온다. "태조왕 이성계가 임금이 되기 전의 이야

기다. 어느 하루 파자점을 잘 친다는 사람에게 가서 '문間' 자를 짚으니 파자破字하는 사람이 황송스럽다는 듯이 쩔쩔매고 있었다. 그 글자를 푸는 즉 '문間' 자는 '우군 좌군右君 左君하니 필시군왕지상必是君王之相'이라 했다. '문間' 자는 오른쪽으로 보아도 군君이요, 왼쪽으로 보아도 군君이란 파자破字로 임금의 상相이 틀림없다는 것이었다. 하도 괴이해서 돌아가는 길에 개성 다리 밑에서 이를 잡고 앉아 있는 거지를 불러 옷을 갈아입히고 아무 데 파자점하는 데로 가서 '문間' 자를 고르라고 했다. 시키는 대로 '문間' 자를 짚으니 거들떠보지도 않았다. 그 풀이인즉 문전현구門前縣口 필시必是 걸인지상乞人之相이라 했다. 즉 문門 앞에 입이 걸렸으니 그대는 반드시 걸인일 것이라 했다."라고 나온다.

이 시조는 태조왕 이성계의 일화逸話를 시조화時調化한 것이다. 이처럼 같은 글자를 짚어도 상황에 따라, 그때그때 느끼는 영감에 따라 다르게 풀이해주는데 파자점의 그 묘미가 있다 하겠다. 이 시조는 그 묘미를 살려 시조로 만들었다.

산山은 여름 불러
진초록 덧칠하고

별을 품고 내려오는
피톤치드 맑은 공기

감돌아 풀물 든 사람[人]
휘갑치듯 사노라네.
　　　　　　—「신선 선仙—파자破字 7」 전문

　신선神仙은 산에 든 사람이란 의미의 파자시 이다.
이 시를 보면 김삿갓의 탁자시坼字詩를 생각나게 한다.
김삿갓의 다음 탁자시坼字詩를 한 번 보자.

　　신선은 산 사람이나 부처는 사람 아니요
　　기러기는 강 새지만 닭이 어찌 새이리오
　　얼음이 한 점 녹자 다시금 물이 되고
　　두 나무 마주 서니 어느새 숲이 되네

　　仙是山人佛弗人(선시산인불불인)
　　鴻惟江鳥鷄奚鳥(홍유강조계해조)
　　氷消一點還爲水(빙소일점환위수)
　　兩木相對便成林(양목상대편성림)

　김삿갓의 탁자시坼字詩를 보면 '선仙'은 '인人'과 '산山'
이 합한 글자 파자하면 '산인山人'이다. '불佛'은 '불인弗
人' '홍鴻'은 '강江', '조鳥' '계鷄'는 '해奚', '조鳥'이 네 글자

를 파자하여 의미로 쓴 것이 1.2구 '빙氷'이 점 하나 녹으면 '수水' '목木'이 두 개 나란히 하면 '림林'이 되는 문자의 유희이다.

　　김복근 시인은 김삿갓의 탁자시坼字詩를 뛰어넘어 현대 시조로 재탄생시켰다. 김삿갓의 탁자시坼字詩에서 한 걸음 더 나아갔다. 신선神仙을 "감돌아 풀물 든 사람[人]"이라니! 얼마나 멋진 표현인가? 당나라의 시인 유우석劉禹錫이 쓴 '누실명陋室銘'에 나오는 내용의 "산부재고 유선즉명山不在高 有仙則名" 즉 "산은 높은 게 중요한 것이 아니다. 그 산에 신선이 살아야 명산이다"의 내용과 정확히 일치하는 표현이다. 참 빼어나다. 이러한 시조들의 예를 더 보자.

　　　　회오리 바람 불어 텅 빈 손이 아득하다.
　　　　별들의 간지럼에 노다지[金]를 그리면서
　　　　궁하여 모난 돌처럼 고단해진 삶의 언어

　　　　잔고가 바닥났다 상한선을 넘어서면
　　　　거사하기 좋은 날 감미로운 유혹 속에
　　　　겹겹이 창[戈]날을 세워 전의를 불태운다.
　　　　　　　　　　　　　　　―「돈 전錢-파자破字 6」 전문

분노도 갈무리면 밤하늘 별이 된다.

96

나비가 꽃을 그리듯 마음이 휘는 시간

달빛에 우려낸 눈물 무장을 해제했다.

온몸에 고여 있던 욕망의 얼룩들은

뼛속에서 우려낸 말

진국 같은 체온으로

벼려진 내 혀의 칼날 뜨겁게 끌어안고
        —「참을 인忍−파자破字 23」 전문

마음[心]의 움직임이 푸르게[靑] 작동하여
차고 뜨거움을 오래도록 고와 낸 것

말없이 이어진 무늬
퇴적된 물결 자국
        —「사랑 정情−파자破字 34」 전문

  돈錢에 대하여 "잔고가 바닥났다 상한선을 넘어서
면/ 거사하기 좋은 날 감미로운 유혹 속에/ 겹겹이 창
[戈]날을 세워 전의를 불태운다.(「돈 전錢−파자破字 6」)"
라는 표현이나 "분노도 갈무리면 밤하늘 별이 된다

(「참을 인忍-파자破字 23」)"이란 표현이나 "마음[心]의 움직임이 푸르게[靑] 작동하여/ 차고 뜨거움을 오래도록 고와 낸 것(「사랑 정情-파자破字 34」)" 등은 글자의 파자破字를 넘어 그 본래의 글자의 진의眞義를 적확하게 꿰뚫은 것이다.

정형시란 그 형식과 정서가 잘 버무려져야 빛난다. 김복근 시인의 이번 파자시조 연작은 형식과 정서가 참 잘 버무려진 시조이다. '구슬이 서 말이라도 꿰어야 보석이 된다'라는 속담처럼 말이다. 시조집 한 권이 이처럼 잘 엮어지기는 쉬운 일이 아니다. 이번에 보여주는 70편의 파자시 연작은 정말 잘 엮어진 보석이다. 노고에 축하의 박수를 보내며 두서없는 글을 덧붙인다. 혹시 나의 이 덧붙임이 이 시조집의 빛남을 가리는 일이 없었으면 좋겠다.

시를 읽는다는 것은 그 시인의 인생관과 삶의 태도를 엿보는 것이다. 나는 파자시조를 읽으면서 김복근 시인의 삶에 대한 태도의 한 면을 엿보았다. 오랫동안 정형시에 몸담아 왔고 정형시의 법고창신法古創新의 길을 묵묵히 걸어온 김복근 시인이 이번 시집을 통해 "감돌아 풀물 든 사람[人]/ 휘갑치듯 사노라네 라는 표현에서 그가 어떻게 살아왔는지 그의 삶의 태도를 읽을 수 있었다. 그렇다. 산은 그 높이에 있지 않고 신선이 깃들어야만 명산이 된다는 선인의 마음을 설핏 엿보았다. "나비가 꽃을 그리듯 마음이 휘는 시간(「참을 인忍-파자破字 23」)"이었다. 나는 김복근 시인이 "감돌아 풀물 든 사람[人](「신선 선仙-파자破字 7」)"으로서 앞으로도 "산부재고 유선즉명山不在高 有仙則名"이라는 선인仙人의 삶을 계속 이어 갈 것임을 믿어 의심치 않는다.

꽃의 길, 파자破字에서 만난
붉은 피의 얼굴

공 영 해 (시조시인)

1. 문자의 뼈를 통한 맨발의 고행

'파자破字'류 시에 관심을 가져 봅니다. 이는 『경남문
학』 겨울호에 김복근 시인의 파자시조 「화花」에서 비롯
됩니다. 상형문자가 사유의 세계를 거쳐 동적, 시각적
이미지로 생명을 얻는 과정을 따라가 봅니다.

문자언어는 인간의 소통을 위해 만들어진 문화적
산물입니다. 표음문자의 경우 낱낱의 문자는 의미가
없지만 표의문자의 경우는 그 뜻하는 바가 글자마다
다릅니다. 파자 문화는, 여러 형태의 글자로 합쳐진
한자 자획字劃을 분합分合하여 맞추는 수수께끼 놀이에
서 발생하였습니다. 파자놀이는 수수께끼나 단순한
이야기를 넘어 문학 작품, 특히 시에서 '언어유희'의

한 방편으로 널리 사랑을 받아왔습니다. 그 대표적 시인은 조선 시대 방랑시인으로 유명한 김병연(일명 김삿갓)입니다. 그는 자신이 겪은 부정적인 인물이나 사회적 모순을 조롱하거나 풍자하는 방편으로 '파자'를 적절히 이용한 시편들을 남겼습니다. 김병연의 파자시 중 전편을 파자한 '人良且八(인량차팔)'을 봅니다.

> 人良且八 인량차팔 '食具식구'를 파자
> 月月山山 월월산산 '朋出붕출'을 파자
> 犬者禾重 견자화중 '猪種저종'을 파자
> 丁口竹天 정구죽천 '可笑가소'를 파자

> 밥상 차릴까요.
> 이 친구 나가거든.
> 돼지 같은 놈이로군.
> 웃기는구나.

현대 시조시단에도 문자나 낱말을 파자하여 시를 쓴 시인이 몇 분 있습니다. '파자'류의 작품은 문자가 가지는 뜻을 유추하여 시인의 사유세계를 직조해 가는 작업입니다. 사금을 가려내듯 문자언어 속에 담긴 인간의 근원적 삶과 그 사유를, 살을 다 발라낸 문자의 뼈를 통해 시인은 맨발의 고행을 자초해야 합니다.

파자한 문자의 속성에 사유의 벽돌을 쌓아 시의 모전
탑을 세우는 작업은 여간한 공력을 들이지 않고는 성
공할 수 없습니다.

　잘못하면 말의 유희에 빠지고 말아 본래 의도한 내
용과는 달리 독자들에게 외면당하는 수모까지 이겨내
야 합니다. 그럼에도 파자류 시를 쓰는 시인은 기존의
소재가 가지는 부담에 식상해진 까닭인지 "우리의 삶
과 사유의 방식에 얽힌 행간의 의미까지 유추하"는 작
업을 계속하고 있습니다. '사유의 방식에 얽힌 행간의
의미' 유추에 관심을 갖지 않을 수 없습니다.

2. 꽃의 길, 연옥의 집을 짓는

　그런데 시인은 하고많은 소재 중 왜 '花' 자를 택하
였을까. 동서고금의, 별보다 많은 시인들이 '꽃'을 노
래하였거늘 또 다른 무슨 할 말이 있기에 '花'를 택하
였을까. '꽃'이라는 사물어를 뜻하는 문자 '花'에 숨은
밀의가 궁금합니다.

　　풀[++]이 자라면[化] 꽃이 꽃을 피운다

　　사랑은 싸움마냥

싸움은 사랑마냥

생명의 덫에 걸리어 연옥煉獄의 집을 짓다

물과 흙, 햇빛까지 굴광성 기가 되어

작두날 딛고 선 아픔
온몸이 뜨거워라

무중력 꽃대 위에서
춤을 추는
저, 붉은
피

　　　　　　　　　—「꽃 화花-파자破字 14」 전문

　작품「화花」는, 김복근 시인의 연작 파자시 중 한 편
이며 열네 번째 작품으로, 두 수로 짠 6연 11행 배열
의 연시조입니다. 첫수는 초장 1행, 중장 2행, 종장 1
행 배열로 마무리하고 둘째 수는 초장 1행, 중장 2행
으로 배열하고 종장은 시상의 결집을 위해 4행으로
배열하여 시각적 효과를 강화하고 있습니다. 매장 4
음보. 총 24음보, 35어절이며 동원된 낱말은 52개,
음절은 모두 88자. 시인은 88음절로 한 편의 작품을
빚어내고 있습니다. 행 가름에 공력을 들인 듯 역삼각

형의 행 배열이 눈길을 끕니다.

일차적으로 이 시를 이해하기 위해서 '花'의 글꼴부터 먼저 살펴봅니다. 첫수 초장은 이 시의 열쇠를 쥐고 있습니다. 초장은 '花' 자를 파자하여, 풀을 상형한 풀 초 머리[++]에 '化'가 합쳐져 형성자形聲字 '花'를 꽃 피워내고 있습니다. '化'는 '사람[人]'과 '비수[匕]'가 한데 묶인 회의자會意字이며 '어떤 현상이나 상태로 변하여 되다'와 '자라다' '생장하다'는 뜻을 지니고 있습니다.'花'는 '華'로도 씁니다. 서체에서 '花'의 전서篆書는 '華'와 동일합니다.

초장 첫째 구 "풀[++]이 자라면[化]"은 시제 '화花'를 파자한 가정의 진술이고, 둘째 구 "꽃이 꽃을 피운다"는 문자 '花'에 생명을 부여한 일반적 진술입니다. 시인의 사유는 이에서 비롯합니다. 우리는 '꽃이 꽃을 피운다'를 예사로 보아서는 아니 됩니다. 편의상 앞의 '꽃'을 '꽃①'이라 하고 뒤의 '꽃'을 '꽃②'라 합시다. 다시 '꽃①'은 '풀이 자란 꽃'으로, '꽃②'는 '꽃이 피운 꽃'으로 의미를 달리합니다. '풀이 자란 꽃'인 '꽃①'은 시인의 사유 속에 존재하는 현실적 자아이며 '꽃이 피운 꽃'인 '꽃②'는 그 결과물, 자아가 이루고자 하는 세계입니다. 초장에서 얻은 정보를 마중물로 하여 다음 장으로 넘어가 봅니다.

시인의 상상력은 '꽃①'이 처한 세계를 밝히지 않을 수 없습니다. '꽃①'의 세계는 "사랑"과 "싸움"의 세계입니다. 시인은 세계를 '사랑'과 '싸움'이라는 대립어로 병치하고 있습니다. '사랑'은 '긍정적 삶'을, '싸움'은 '부정적 삶'을 상징한다고 하더라도 중장의 문장 구조가 'a는 b마냥, b는 a마냥'의 반복 구조를 취하고 있으므로 a와 b의 의미는 문의 틀 안에서 대등한 무게로 만나게 됩니다. 극한적 대립어라 할지라도 이런 구조에서 만날 때 우리들은 동의어로 착각하게 됩니다. 언어의 화해를 통해 사랑이 치열한 삶이고 치열한 삶이 사랑이기를 자아는 희망합니다. 시인은 중장 두 구를 2행으로 나란히 배열하여 '꽃①'의 세계를 '사랑'과 '싸움'이 공존하는 세계로 인식하고 있습니다. 조사 '-마냥'은 울림소리. 직유의 시어 운용이 치밀합니다.

그런데 어쩌지요? 시인은 종장에서 '꽃①'의 세계를 "생명의 덫"으로 은유하고 있습니다. '생명의 덫'은 세계의 한계성입니다. '꽃①'은 그런 한계에 발목이 잡혔으면서도 "연옥의 집"을 짓습니다.'사랑'과 '싸움'의 세계를 벗어나기 위한 반성적 자세일까요. '연옥'은 가톨릭 용어. '천국과 지옥 사이에 존재한다고 믿는, 은총을 받기는 했으나 세상에서 지은 작은 죄를 용서받지 못한 영혼들이 천국에 가기 전에 그 죄를 정화하는 장

소'를 뜻합니다. '연옥의 집'은 초월의 세계가 아닙니다. 화자의 사유, 정신의 꽃은 '연옥의 집'을 지음으로 구원을 받을 여지를 남겨 둡니다. 화자가 갈망하는 세계는 질곡에서 벗어난 지고의 정신세계입니다. 따라서 '연옥의 집'은 '꽃①'의 비상을 위한 일시적 공간입니다. 그 비상은 초월적 자아의 발견에 있습니다.

3. 춤추는 불, 그 생명의 몸짓

둘째 수 초장의 "물과 흙, 햇빛"은 식물의 가장 기본적인 생장 조건이군요. '물과 흙'은 물론 "햇빛까지 굴광성 기가" 됩니다. '굴광성 기'란 생의 활력, 넘치는 에너지입니다. '꽃①'의 세계는 이제 '꽃이 피운 꽃'인 '꽃②'의 세계, 곧 초월적 이상적 자아를 만나야 합니다. 1연 종장 '연옥의 집'을 벗어나야 합니다. '파자시'를 쓸 때 시인의 상상은 의식적이든 무의식적이든 자형字形의 유추에서 자유로울 수 없습니다. 중장에서 시인은 작두날을 딛고 서는 극한적 상황까지 자아를 몰아갑니다. '작두날'은 광물성. 극한적 공간이며 고통과 시련의 암시이며 무속 신앙의 제의식과도 통합니다. 이런 극한의 상황 극복 없이 어떻게 초월적 세계를 만날 수 있을까요. "작두날 딛고 선" 행위는 통과 제의祭儀. 그러므로 자아의 아픔은 온몸으로 뜨겁게 전이됩니다. '온몸의 뜨거움'은 접신의 현상. 초월적 세계를 접하기 직전의 심리적 상황을 의미합니다. 종장을 봅니다.

1수 종장에서 지은 '연옥의 집'은 초월적 자아의 발견을 위한 일시적 공간이라 하였습니다. 제의식을 통과하는 뜨거운 '온몸'의 주체는 '연옥의 집'에서 정화된 '꽃①'. 탈자아입니다. 이제 '꽃①'은 "무중력 꽃대"를 만날 수 있습니다. '무중력'의 사전적 의미는 '마치 중력이 없는 것처럼 인식되는 현상'. 지구 주위를 돌고 있는 인공위성 따위의 내부에서 일어나는 현상을 말합니다. '꽃①'이 지금 만나는 "무중력 꽃대 위에서/ 춤을 추는/ 저 붉은/ 피"는 '꽃②'의 실루엣이 아닌 살아있는 생명체입니다. '피'는 '생명'을 상징합니다. '붉은 피'는 '신성한 생명'을, '춤을 추는 붉은 피'는 '우주는 하나의 생명임을 고하는 생명의 몸짓'이기도 합니다. 따라서 통과 제의를 거쳐 정화된 '꽃①'이 만나는 '붉은 피'의 얼굴은 화엄세계로 확장됩니다. 지시 관형사 '저'는 자아와의 거리. 촉각적, 시각적, 동적 이미지를 동원한 둘째 수는 문자 '花'를 살아있는 생명체로 꽃피우고 있습니다. 파자 '花'를 통해 시인은 삶에 대한 치열한 생명의식을 노래하고 있습니다.

'연옥'은 종교적, '굴광성'과 '무중력'은 과학적 용어입니다. '작두날'은 광물성 이미지에 제의적, 무속적 성격을 띤 시어입니다.

마지막으로 작품 「花」를 가운데 정렬로 축소해 봅니다. 축소해 놓고 보니 이는 '華'를 전서篆書로 써 놓은 듯한 행 배열이군요. 의도적 배열로 보입니다.

풀[艹]이 자라면[化] 꽃이 꽃을 피운다

사랑은 싸움마냥
싸움은 사랑마냥

생명의 덫에 걸리어 연옥煉獄의 집을 짓다

물과 흙, 햇빛까지 굴광성 기가 되어

작두날 딛고 선 **아픔**
온몸이 **뜨거워라**

무중력 꽃대 위에서
춤을 추는
저, **붉은**
피

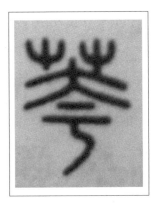

4. 마무르며

이상으로 김복근 시인의 파자시 「화花」를 살펴보았습니다. 여든여덟 음절로 하나의 세계를 피워낸, 화엄 세계로까지 '꽃'의 의미를 궁구하기 위하여 '작두날 딛고 서'는 아픔까지 감내하는 '꽃①'의 모습은 강렬한 인

상으로 남습니다. 시인이 의도한 작의와 다른 흐름으
로 감상한 무례를 남기지 않았는지 염려스럽습니다.

(『경남문학』, 2016 겨울호)

가슴으로 읽는 시조

정 수 자(시조시인)

허물 죄罪
― 파자破字 11

나는 죄 많은 사람
눈물로 쓴 참회록엔

하루에도 몇 번씩 죄를 짓고 살았다,
법망[罒]은 옳지 않은 일[非] 걸러내지 못했지만

나는 내가 지은 죄를 알고 있었다
내 것이 아닌 것을 내 것이라 우기며
실실이 피어나는 꽃을 무잡하게 희롱하고

가벼운 혀끝으로 망어妄語를 퍼뜨리며
풀잎 위의 이슬을 바람처럼 되작이다,

비구름 몰려오는 날
야차夜叉가 되기도 했다.

교황 방한 후 '죄'는 더 무거워졌다. 낮고 아픈 이들
에게 온 사랑을 쏟으며 용서와 화해를 전파한 그분의
뒤가 참으로 길다. 그런데 손톱만치도 따르지 못한 채
우리는 또 일상 속의 죄를 짓고 산다. '꽃을 무잡하게
희롱하'는 것도, '망어를 퍼뜨리'는 것도, 어쩌다 '야차'
가 되는 것도, 죄라면 다 죄다. 하지만 소소한 죄야 엎
드려 빌면 용서할 수 있는 것, 문제는 큰 죄다.

물어야 할 죄는 태산인데 '내 죄요' 가슴 치는 자 하
나 없이 발뺌에만 급급하니 더 막막하다. 나라 망친
큰 죄들을 거르기는커녕 법망이 길을 터줄 때도 많아
또 암담하다. 그때마다 '하늘을 우러러 한 점 부끄럼
없기를' 엎드려 비는 것은 애꿎은 풀들이었던가.

(『조선일보』, 2014. 8. 27)

김복근 金卜根 Kim bok geun

경남 의령에서 태어남. 아호 수하水下.

마산고등학교, 진주교육대학교,

국립창원대학교대학원 국어국문학과 졸업(문학박사).

1985년 『시조문학』 천료.

1997년 『월간문학』 『시문학』 문학평론 발표.

시조집 『인과율』 『비상을 위하여』 『클릭! 텃새 한 마리』 『는개, 몸속을 지나
가다』 『새들의 생존법칙』 『비포리매화』, 논저 『노산시조론』 『생태주의 시조
론』, 평론집 『언어의 정수, 그 주술력』 『평화 저 아득한 미로 찾기』, 동시집
『손이 큰 아이』, 괘관문집 『바람을 안고 살다』, 산문집 『별나게 부는 바람』,
번역집 『김기호 시 묵묵옹집』, 시조에세이집 『시조의 진경 톺아보기』, 교육
도서 『창조하는 힘을 길러주는 방법』 등 펴냄.

한국시조문학상, 성파시조문학상, 경상남도문화상, 유심작품상 등 수상.

2015 세종도서문학나눔, 2019 아로코문학나눔 선정.

의령충혼탑 헌시, 헌사 헌정(2013).

경상남도문인협회장, 경남문학관이사장, 한국시조시인협회부이사장, 오
늘의시조시인회의부의장, 노산탄신100주년기념사업회장, 『화중련』 주간,
창원대학교, 진주교육대학교 강사, 경남거제교육청교육장 등 지냄.

현재 국립국어사전박물관건추위 공동대표, 한국문인협회 자문위원, 『문학
인신문』 논설위원.

sisim33@hanmail.net